KB144222

구자권 시집

농부의 연필

| 시인의 말 |

새벽이슬을 맞으며
밭이랑을 다듬는 마음으로
글을 다듬었다면
내 글은 윤기가 났을 텐데,

우리 노랑새 논배미를
쓰다듬는 마음으로
서투른 글을 다듬었다면
내 글은 도드라졌을 텐데

제 손등만큼이나
거친 글을 부끄럼없이
엮어내는 시골 농부는
오직 뿌듯한 마음뿐이다.

2022년 1월
마니산 기슭에서

구 자 권

| 추천사 |

유유히 흐르는 희망의 메세지

안혜숙

소설가 / 문학과의식 발행인

참 좋은 시집이다. 누구나 한 번 읽으면 마음이 동하는, 그래서 기분이 좋아지는 시집이다.

막연한 세월 앞에 속수무책으로 떠도는 영혼 같은 삶이 우리 인생이 아닌가.

잔잔한 시냇물이 강물로 흐르고 강물은 바다를 향해 달리듯, 우리의 삶도 내일을 향해 건너는 강을, 바다를 향해 쉼없는 항해가 아니었던가. 막연한 세월 앞에 우리의 여정은 끝이 없는 것이다.

그런 의미에서 『농부의 연필』은 조금만 쉬었다 가자고 우리 손을 잡아주는 것 같다. 시인의 읊조림은 잔잔한 호수에 돌이 떨어질 때의 파문을 보는 것 같은 놀라움과 가슴 졸임 같은 여운을 안겨준다. 또한 인생을 통달한 듯, 모든 것을 내려놓는 일이 너무나 자연스러워서 마치 잠언시 같다는 생각도 들었다.

우리는 거울에서 내 모습만 몰입하지만 시인은 또 다른 거울을 만들어 자신의 뒷모습을 비춰본다. 그래서 『농부의 연필』은 시인의 일상을 소박하고 진솔하게 밝힌 자기 고백서이다. 그는 두 개의 거울을 비춰보면서 시의 흐름을 끌고 간다. 그의 시는 단편적인 서정을 뛰어넘어 시인만이 간직하고 있는 서사적인 특성을 내포하고 있다.

그 때문에 사회적 맥락을 무시하고 오직 자신의 성찰에 충실함으로써, 자칫 외부세계의 관찰에만 그칠 수 있다. 그런데도 시인의 시적 영역은 자신의 성찰에만 확장하고 있다.

이 시집에서의 특징은 봄부터 겨울까지의 단상을 삶의 성취로 이룩하는 과정이다. 자칫 단순할 것 같지만 시인이 감춘 숨은 내공은 독자들을 끌어들일 만큼 무언의 힘이 있다.

그 힘이 『농부의 연필』 안에 들어 있다. 삶을 열심히 살아낸 사람만이 자연스럽게 흘러나오는 깊은 울림이 우리들 가슴까지 전이시킨다. 시인의 삶 속에서 분연히 일어나 숙연히 자연을 끌어안는 깊은 성찰이 우리를 끌어들이기때문이다.시편 곳곳에 우리가 가는 길은 수만 갈래의 길이 있다는 걸 암시해 준다. 은하수의 한 별이 또 한 별을 찾아가듯 시인이 걸어온 길 보다 더 많은 길을 가야하는 길 위에 길을 인식시켜준다

그 길 위에서 자연스럽게 흘러나온 깊은 울림이 이 시집에 있다. 자신의 삶 속에서 분연히 일어나는 시인의 일상이 시집 전편에 흐르는 잔잔한 물결과 고즈넉한 품위가 때로

는 우리를 숙연하게 해준다. 그래서 이 시집 전편에는 희망이 흐른다.

나무를 심는 마음은 영원을 사는 정신이다.

자연과의 대화 역시 영원에 이어지는 삶의 한 구체적 사건이다. 그래서 이 시집의 시들은 생의 의미를 천착하는 형이상학의 세계로 비상 한다

생의 허무, 삶과 죽음의 무상함 등이 우리에게 익숙한 사유로 환원되고 잇는 것이다. 분명 자연을 사랑한 시인의 우주는 광대한 식욕과도 같았을 것이다.

그에게 농촌은 미지의 세계가 아니었는지도 모른다. 도시의 거센 풍파에서 안식을 찾기 위한 귀소본능이었다면, 고향으로의 회기는 새로운 것에 대한 도약이 필요했으리라.

그러나 색다른 새로운 것을 찾아내기 위한 농사는 미지의 심연이 아니었을 것이다. 그래서 그의 순진무구한 본성은 무연함으로 초월하여 긴 여정의 끝을 무덤덤함으로 마무리 했으리라.

어쩌면 그 끝에서도 늘 새로워지고 싶은 욕망을 떨쳐버리기 위해 글을 쓰는 지도 모른다. 문학이야말로 새로운 모습과 가치를 추구하는 것이니까. 하지만 글쓰기는 늘 허무와 맞서게 되었고, 그 과정에서 시 쓰기는 구원의 도구가 되었을 것이다. 어차피 우리의 삶이나 세계에 대한 인식 구조의 새로움이란 문학 밖에 없을 테니까.

그런 의미에서 『농부의 연필』은 사람의 영혼을 울리는 깊은 울림이 처처에 방향등처럼 불을 밝힌다 . 그 불빛을 따라

가는 길 위에 시인의 자화상으로 점철된 시를 만나고 느끼고 이 세상 두두물물(頭頭物物)의 속내를 읽는다.

봄에서 겨울까지 가는 동안 단계별로 진화하는 시인의 정신사가 시인의 감성과 지성이 서로 연계되고 혼용하여 새롭게 창출된 한 채의 독립된 집에 도착하게 된다.

시인의 시집이 보여주는 통섭과 창출의 미학적 로망은 아마도 독자의 가슴에 긴 메아리를 남길 것이라 믿기에 감히 『농부의 연필』을 추천한다.

| 차례 |

1부 농부의 연필

2부 봄을 먹다

3부 첫눈 내리는 날

4부 4월, 그리고

일러두기

1. 책에 쓰인 영문의 한글 표기는 외래어표기법에 따랐으며 일부는 저자의 의도를 반영해 예외로 두었다.
2. 쉼표와 마침표, 말 줄임표, 느낌표 등의 문장부호는 저자의 의도를 반영, 최대한 저자의 원문을 그대로 살려 표기했다.

1부

농부의 연필

초솔당 草率堂

길상吉祥의 기름진 땅
한 자락 빌려
꿈꾸는 마음 펼쳐 놓으니
돌아온 전원은 아름답고
가족들 게으르지 않다

정족산鼎足山 높은 정기精氣
초솔당을 감싸주는
길상산 맑은 봉우리가
재주 없는 촌로村老를 위로해 준다.

해넘이

선달그믐
저녁나절

장화리 갯벌에
하늘도 바다도
낙조落照를 띄운다

한 해의 회포를 풀기도 전에
노을은 몸을 숨긴다.

새해 일출

정족산 산 너머로
한 빛이 떠오르니

하늘도 땅도 꿈은 제각각
묻노니 그 밝음 어디서 왔느뇨.

시린 달빛

동짓달 열사흘
사경四更의 시린 달빛이
칠질七袠의 휑한 가슴을 비춘다

가슴속 멍든 굴레를
헤쳐 놓고서야 기우는가.

방태산

방태산 깊은 골에
구름은 푸르르고
좌우의 푸른 숲에
이끼 또한 푸르르니
푸르고 푸른 가운데
나 또한 푸르르다.

입추

콩밭 이랑으로
수수밭 사이로
간지럼나무 아래로

흰 구름 둥실 내려와
길고 긴 여름을 꺾어 밟는다

산모롱이에 숨어든
불같은
여름 해를 쫓아 보낸다.

산국山菊

배 좁은 밭둑 사이
유별나게 샛노란 산국山菊
천년의 빛과 향기
해마다 자랑하건만

한로 상강 찬 이슬 헤치며
가을을 거두는 농부의 흰머리는
해마다 변해간다

구슬땀 굽은 허리 펴고
하늘 한 번 쳐다보면

들국화 맑은 향에
거친 삶이 실바람에 풀어진다.

국화

된서리 찬바람에
화들짝 놀라
꽃밭을 헤집는다

숙연히 고개 든 저 미소
어여쁘다
복스럽다.

자작나무

푸름 속 뽀얀 목세워
하늘만 향하던 자작나무

팔랑이던 나뭇잎
모두 털어내고
나아감도 그침도 그 언제였던가

하늘길 묻고 있는 자작나무
그 길은 나도 모른다.

들국화

척박한 산비탈에 한 떨기 들국화
빛깔과 향기는 작년 그대로인데

어찌하여
밭에 있는 내 허리는 보이지 않더냐

지나간 산들바람에
어제 모습도 잃어버렸구나.

늦가을

이른 봄 어설프던 꽃밭
화사하고 예쁘게 꽃단장을 해대더니
꽃 지고 잎 떨어지니
찬바람 몰아친다
마른 꽃대 걷어낸 꽃밭에는
찬 서리 내리고
그 많던 눈길,
그 많던 웃음소리 어디로 갔더냐.

땅거미

땅거미 어둑해도
샛노란 은행잎

땅거미 어둑해도
불타는 단풍

땅거미 어둑해도
물드는 가을.

어머니의 선물

어머니
간밤에
보내주신 소복한 눈송이
잘 받았어요

어머니 계신 자리도
엄동에 얼어붙어
몸도 마음도 시리실 텐데

어머니나 포근하게 덮고 계시지
왜 저희에게 보내셨어요?

어머니!
며칠 전 제 바깥사돈이
어머니 계신 하늘나라로
거처를 옮기셨는데
아마도 그곳에서 자리 잡히면
어머니를 찾아뵙겠죠?

어머니!
눈길을 밟을 때

뽀드득 소리가 나는 것은 왜 그래요?
칠순을 넘기고도
어머니에게 배울 게 너무 많아요
어머니에게 묻고 싶은 게 너무 많아요

아직도
어머니 손길이 필요한,
어머니의 따듯한 품이 간절한 아이입니다

어머니!
오늘도 눈길을 밟으며 어머니를 그리워합니다.

농부의 연필

무논에 들어선 농부
흙이 되려고 영혼을 부수고
땡볕이 내리쬐는 비탈진
밭이랑이 되고자 온 몸을 부쉈다

벼 한 포기
농부는 벼 한 포기가 되기 위해
배추 한 포기
농부는 배추 한 포기가 되기 위해

새벽잠 아쉬워하며
천둥번개 온 몸으로 막아내며
거친 땅 일구어 씨를 뿌린다

황혼녘
밭두렁에서 늙어버린 농부는
평생 흘린 땀방울 만큼 목말라하면서
지나온 인생 적으려고
가슴에서 연필을 꺼낸다.

매화

매화야
오늘이 삼월 그믐인데
너 입조심 해야겠어

아직 눈도 녹지 않았는데
서북쪽 강화에
봄이 왔다는 소문을 퍼뜨려
망울진 꽃들을 놀라게 하다니

노루귀와 너도바람꽃
자주 광대나물의 여린 꽃잎들이 자지러졌다

살구야, 자두야, 이화야, 도화야
봄바람 살랑이면
앵두도 잠을 깰 테니
너희들은 기다려다오

진달래 꽃피거든 함께 어울려
화사한 꽃 잔치
한바탕 흐드러지게 차려보자.

사월의 기도

꽃이 해마다
새롭게 피어나듯
우리 인생도 세월 가는 대로
새록새록
새로움이 샘솟게 하소서

사월에만 보이는
기쁨이 있으려니
우리의 가슴으로 다가서는
사월이
생명의 꽃으로 피어나게 하소서.

아내의 생일날

해바라기 샛노랗고
국화 꽃봉오리
망울망울 자리 잡을 때
당신은 세상에 태어났습니다

그날의 그 기쁜 소식을
그때는 몰랐지요

지금은 서로 인연이 닿아
혼인성사婚姻聖事로 부부가 되어
실팍한 살림에 고생고생하며
우여곡절을 헤치며 살아왔습니다

우리의 머리는 백발이 되었는데
가진 것은 허름한 농막뿐
내가 줄 것은 사랑뿐이니
기왕불구旣往不咎 이 세상 다 한다 해도
오직 당신과 나 뿐입니다

팔월 스무 여드렛날
당신의 생일을 진심으로 축하합니다.

겨울비

내립니다
겨울비가
추적추적 내립니다

이렇게 오는 겨울비는
세월과의 이별이
서러울 테지요

나만큼이나 서러울 테지요

나보다 더 오래도록 서러울 테지요.

새해아침

붉은 해 한 아름

서두르지 않으려
수줍은 듯 구름장 속에 있어도
지금의 삼라만상參羅萬像은
느긋함이어라

축복이어라
행복이어라

사랑을 이어라
영광을 이어라
평화를 이어라

웃음이 넘치도록
희망이 넘치도록
한껏 차서 넘치도록
이어라, 이어라
이어지거라.

사랑합니다

설날을 며칠 앞두고
지치고 찌든 작은 내 몸
대중탕에 담가 놓는다

한 해 동안 뭉쳤던 응어리가 터지고
한 해 동안 엉켜있던 매듭들이 풀어져
좁은 탕 더운 물밑으로
소나무 뿌리처럼 뻗어가는
나의 전신…

그 뿌리 내 살을 먹고
내 피를 먹었으며
그 뿌리 내 영혼을 먹는다

내 삶을 살찌게 하고
내 인생 빛나게 하고
내 행복으로 자랐다

설날을 코앞에 두고
내 새끼들 힘들고 모진 세상에
발가벗겨 내놓는 게 안쓰럽다며

도망치시듯 허망하게
육신을 벗어던지신
부모님 선영 찾아뵙고
자랑스럽게 말한다

아버지! 어머니!
보셨겠지만
산소 등에 꽃이 피었습니다.
부모님 덕에 향기롭고 기운차게
험한 세상 이겨냅니다
어머니! 아버지! 사랑합니다.

영산홍

두견이 울 때까지
기다린다던

영산홍 필 때까지
기다리라던 봄은 아직 보이지 않아

삶의 이치를 말해준다는
영산홍꽃은 종류도 많지
붉은색, 흰색, 분홍색 많기도 하지

그 많은 꽃들
서릿발에 바람결에
숨어버렸나

영산홍 너를 찾아 불러 본다

얼마나 더 기다리면
봄날이려나.

박새

꽃도 향香도 흔적 없는
동짓달 매화가지
박새 두 마리 날아들더니
바람 한 점 햇살 한 점
부리에 얹고
눈보라에 실려 올
매화 향 그리면서
메마른 가지 이리저리 쪼아대며
안달을 하네.

백세 교수님

십 년이면 강산도 변한다는데
그 강산 열 번이나 변하였어도
정정한 육신에
정기精氣 또한 충천하시네

시대의 현자賢者이신 교수님의
울림과 총기는 인향人香을 품어
메마른 이성理性들을 일깨우시며

백년을 씻어 오신 맑은 영혼을
백년을 쌓아 오신 삶의 향기를
아낌없이 다 내어놓으시는
백세 교수님.

눈보라

눈보라 치는 산마루
기러기 떼지어 날고

눈 쌓인 숲속에선
칡부엉이 우네

마음은 소년이라
눈밭으로 뛰어드는데

세상사 근심 걱정이
앞장서서 뛰어가네.

한 해를 보내며

하루보다는 한 주가
한주보다는 한 달이
한 달보다도 일 년이
일 년보다 빠른 십 년이 있었네

내 인생 십 년 묶음을
어느 길목에서 잃어버리고
낙조落照의 어스름에
서성거리네

보내온 날들이 아쉽더라도
살아갈 날들을 생각하며
보고 배우며 깨닫고 실천해야지.

2부

봄을 먹다

봄눈

입춘이지만 이른 봄날
하늘 가득 가슴 가득
흰 눈이 가득가득

내 가슴에 묻었던
눈꽃들 입춘에 녹을까 안달했는데

산과 들 나뭇가지,
내 머리 위 눈꽃송이 춤을 춘다.

이른 봄비

봄기운 온천지에 가득하고

봄비 내리는 하늘에 기러기 날아가고
봄비 내리는 나무에 봄바람 실려 오고
봄비 내리는 들판에 봄나물 올라오고
봄비 내리는 가슴에 봄이 솟는다.

짙은 안개

어제 내린
봄비의 빗방울이 대지에서 떠돈다

아침 하늘 진하게 피어나는 안개
기러기 떼
북쪽으로 날아간다.

춘설春雪

입춘 지나 오는 눈을
첫눈인가 불러주니
봄눈이 쑥스러워
눈꽃은 못 피우고

매화꽃만 피웠다네.

세한도歲寒圖

천년송 솔바람 사방으로 불어대도
가슴 깊은 골 억울함은 그 자리이고

서늘한 솔바람 귀밑으로 스쳐가도
청산靑山 같은 머리맡엔 한숨소리뿐

세한도 솔바람이 한양까지 못 미쳐도
장무상망長毋相忘 그 마음은
와당瓦當에도 새겨졌네.

갈대

봄은
냇물 따라
벌써 와 있는데

철 잃은
갈대는
언제까지 거기 서 있으려나.

끝

나무
나무 끝

바다
바다 끝

땅
땅 끝

하늘
하늘 끝

풀
풀 끝

사람들은 모두
끝까지 원한다

욕심
욕심 끝

그래서 사람은
죽음까지 다다른다.

봄바람

가장 부드럽고 따스한
봄날을 위해

땅 속 뿌리까지
황량한 모래바람 일으키고
가장 아름다운 꽃을 피울
꽃대를
매몰차게 흔들어댄다

가장 높은 가지 끝까지
물을 밀어 올리고
나무를 몰아치며

가장 깊은 골짜기도
가장 높은 봉우리도
지축을 흔들어 대고

가장 높은 하늘은
가장 부드러운
아지랑이를 피워 올린다.

봄을 먹다

농촌의 봄은 도시의 봄보다 밝지 못해도
농촌의 봄은 도시보다 풍성하다.
친환경 장바구니 하나, 호미 두 개
아내와 양지쪽 찾아
냉이, 달래, 쑥, 머위, 민들레 섞어 담고

샛별네 텃밭에서 부추 한 움큼
전을 부치고 국을 끓이고 살짝 데쳐
초고추장 찍어 쌉싸래한 봄을
통째로 먹으니 촌부村夫의 봄이로다.

초솔당草率堂을 떠나며

대지 299평, 건평 52평
16가지 유실수와 5가지 색의 모란꽃
12가지 개량작약
수십 가지 기화요초가 꽃대궐을 이루던
꽃집이라 불리던
초솔당을 떠나던 날
등 돌리고
또 돌아보는 눈길에 밟히는
내 생의 한 자락

그 무엇인들 안타깝고 서운한 마음 없으리
눈 감아도 환히 보이는 내 안의 생명체들
모두를 사랑했는데

돌아서는 발걸음
한 발 떼고 또 돌아보는 내 눈길
미쳐 손 한번 잡아보지 못한
또 다른 생명체들

땅두릅과 두릅, 표고버섯목 30여개, 머위와 참취, 더덕과 도라지, 곰취와 참나물, 두메부추와 방풍나물, 황금

소나무, 금송 등
넓직한 평상과 토실한 다육화분 50여 개, 크고 작은 농기구
그 무엇도 미련 없이 그 자리에 두고 돌아섰다

"모두 주고 가십니까"
집을 공짜로 받은 것 같다는 이사 온 분의 탄성에
무심코 돌아보는 내 눈이 욱신거린다

내 삶의 전부라고 생각했던
초솔당
정이란 사람에게만 주고받는 게 아닌 듯
마음 가다듬어 등 돌리니
가슴이 시리고 아파서
울컥하는 마음은 물 먹인 솜 같다.

기일忌日

길이 어디에 있느냐?
빛이 어디에 있느냐?
나는 어디에 있느냐?

설움의 끝은 어디고
고통의 끝은 어디인가
절망의 끝은 그 어디던가

우리 아버지
양식도 땔감도, 희망도 없는 오막살이에
어린 솜병아리 다섯을 남겨 두시고
홀연히 떠나시던 날

1967년 삼월 초닷샛날
암흑과 슬픔과 좌절을 피해
아지랑이를 타고 하늘에 오르셨지요

삼월의 그날
우리는 더 어둡고 슬픈 마음보다 더 무서웠습니다
우리는 막막 앞에 서 있어야 했으니까요

그러나 아버지!
저희 5남매는 씩씩하게 살아냈습니다
하늘에서 내려진
고난과 어둠과 절망을 이겨냈습니다

아버지!
왜 그날 그렇게
우리만 남겨 놓고 그 먼 길을 홀로 떠나셨나요
지금도 우리는
그것이 궁금합니다.

입관예절

이 세상으로 왔으니
저 세상으로 가는 일
마땅치 않다고 누구를 탓하랴

세상에 오고 가는 일이 내가 정한 일이더냐
황소처럼 더디게 금지옥엽으로 안겼는데
나비처럼 가볍게 떠나는 길
아귀다툼 흔적 지울 틈이 어디 있더냐

선종봉사 입관예절 중에
입관하는 자기 형을 붙잡고
개새끼야, 그냥은 못가! 니가 어떻게 그냥 가냐?

형 관에 매달려 울부짖는
아우의 가슴에는 무슨 한이 맺혔을까

형님이야 가시는 날을 알았을까
알았으면 아우라도 달래놓고 갔겠지

태어날 때야 온 가족 함께 웃었지만
떠날 때도 온 가족 함께 함께 웃겠는가

시련과 통회痛悔

– 우한 폐렴에 대하여

걸어온 길 살아온 날들
뒤돌아보신 적 있나요

삶은 우리에게 수많은 기회를 주는데도
우리는 늘 거역하며 살아가죠

지금의 시련은 오만해진 자신을 내려놓고
'나'로 돌아가라는 채찍이겠지요

우주만물의 교훈은 복잡하지 않습니다.
모두가 한마음으로 통회하면 됩니다.

진달래

앞산이 발갛게 타오르기에
살포시 숲속으로 다가가보니
진달래 어느새 만개하여서
수 만송이 제각각 온 동네 향해
봄이 왔어요, 봄이 왔어요

진분홍 아우성
눈이 시리다.

봄 기러기

봄비 내리면
기러기 떠나려는데
벚꽃 흩날려도
봄비는 오지 않아
기러기
먼 하늘 쳐다보며
고향 그리네.

산벚꽃

바람 속에 산벚꽃 이리저리 흔들리며
진달래 연분홍에 수줍어 숨어 피더니
희끗희끗 엷은 꽃잎
향기 또한 엷구나.

귀한 봄비

행여
귀한 봄비 놀랄까
새들도 조용하고
산 벚꽃 잎도 소리 없이 날리는데

나무들은 한 방울 한 방울
소중히 받아드네

먼지도 잦아들지 못할
작은 봄비야
목마른 만물들을 긍휼히 여기어

하염없이, 하염없이 적시려무나.

옛 친구

오래 사귄 동료들
모두 반가운데
그중 몇몇의 선종善終소식
가슴이 미어지네

친구야,
활기찬 우정 오래도록 나누려면
묵은 욕망이나 집착은 던져버리고
함께 많이 웃는 게
우리가 나눌 마지막 선물일세.

봄 꿩

음력 삼월 스무날
여명黎明

발밑도 어둑한데
창문 밖 벚꽃나무 아래
장끼 한 마리 다가와
꿩! 꿩! 푸드득 꿩 울음소리

봄이 온다고 알리는지
봄이 왔다고 알리는지…

새벽부터 봄 배달 온 장끼야!
겸상 준비하니 조반 들고 가시게.

이팝나무

쌀인 듯 밥인 듯
한 점 구름인 듯

두 팔 벌려 배고픈 이 끌어안으며
배곯지 마라, 배곯지 마라!

내 그늘은 영원한 곳간이니
배불리 먹어라, 배불리 먹어라.

밭일을 하며

고구마 여남은 단 심고
냉수 한 모금
고추 몇이랑 심고
막걸리 한 대접

내 나이 아직 중천인 듯하지만
무릎과 허리는
내 몸이 아닌 듯

먼 산 쳐다보며 허리 한 번 펴본다.

상추쌈

꾀꼬리 휘 호우- 히요 호우 호이오-
꿩은 꿩 꿩
까치가 떼지어 나는 한낮

연한 상추 한소쿠리 방금 뜯어서
아내와 둘이 앉아
실파와 쑥갓을 함께 얹어 복쌈을 싼다.
입 크게 볼 불룩 눈 크게 뜨고
복쌈 들어온다,
내 입에 복쌈 들어온다.

오월

머문 듯 머물 듯하던
아지랑이
시나브로 사라지고

연둣빛 산과 들은
봄이 아니라
오월이라 한다.

모내기

옛날에는 동틀 무렵
소 몰아 쟁기질
이랴이랴

논가는 소리 논 삶는 소리
온 동네 왁자했는데

모내기 철 하늘은
한 뼘의 그늘도 주지 않고
목마르다 외치며
이앙기에
실려 가는 육묘 상자뿐

뻐꾸기 소리
뻑 뻐꾹 뻐꾹
모내기 끝낸 무논에 산 그림자 내리고
들판은 매일매일 넉넉해진다.

유월

유월의 숲속 나무들은
둥지 튼 새들을 안아주느라
봄꽃도 슬며시 멀리한다
바람도 살랑살랑 조심스럽게

유월의 숲속 나무들은
연둣빛 나뭇잎 크게 키워서
짙은 녹음으로 바꿔 덮는다.
새들의 둥지가 차마 보일까 봐

유월의 숲속 나무들은
이소離巢길 나선 새끼 새에게
눈비와 거친 바람 같이 견디며
그냥저냥 함께 살자고 하네

유월의 숲속 나무들은
솔바람, 남실바람, 하늬바람을
유월 초하루의 선물이라네

봄인 듯 여름인 듯 헷갈린다고.

소쩍새

야반 삼경에 소쩍새 슬피 울어
반 병 남은
막걸리 꺼내
소쩍새 울음소리 마주하며 앉았다

소쩍 소쩍 소쩍쩍 소쩍

슬픈 전설에 마음 아프고
내 설움에 눈물 삼켰다.

3부

첫눈 내리는 날

애기똥풀

애기똥풀 귀는 얼마나 밝기에
동토凍土의 기침을 알아차리고
여린 속살로 봄 마중을 할까

애기똥풀은 두해살이라더니
어릴 때 봤던 그 자리 수십 년째
그 자리 그대로 있네

애기똥풀은
새파란 잎이나 꽃이나
언제나
변함이 없지

토지신의 가호가 있었음이라.

감자의 꿈

둥근 하늘과 둥근 땅과
둥근 사람과 둥근 감자가
서로를 얼싸안고 둥근 꿈을 꾼다

초록이어라, 평온이어라
기다림이어라, 사랑이어라

감자는 날마다 꿈을 꾼다.
땅속의 어둠과 함께 깨어나는 꿈
6월의 하늘 아래 다가가는 꿈
스스로를 으깨어 세상을 감싸 안는 꿈

감자는 혼자서도 온종일
꿈을 꾼다
스스로를 으깨어 세상을
끌어안는 꿈을.

6월의 숲

봄과 여름의 틈새도 없이
무더운 6월의 숲은
게으른 사람까지도 발을 내닫게 한다

숲속은
나무 한 그루
바위 하나
바람이
새들과 함께
축제의 향연으로 일렁이는데

갑자기 쏟아지는 뜨거운 태양
그 열기에 안식을 찾는 숲속의 정령들
하늘 향해 두 손 모은다

하늘의 심술이 숲에서는 축복이다.

7월

수천 년 전부터 7월은
바다를 모룻돌 위에 올려놓고
풀무질을 시작했다

수천 년 전부터 7월은
바람을 나무 끝에 매어 놓고
푸른 바다의 가슴을 곁눈질 했다

꽃은 지고 없는 7월에
사람이 꽃이 되어
벌거숭이로 푸르러진
바다에 벌거숭이로 피어난다

수천 년 전부터 7월은
흰 구름도 파도도,
담쟁이 넝쿨도 범접 못하는
뜨거운 태양 속에 있다.

감자 캐기

하하하하, 하하하
할아버지 여기 감자 나왔어!

하하하 또 나왔어!
손자와 감자 캐는데 손자의 웃음이
감자보다 많이 나온다

하하하
손자 녀석 호미질에 감자도 덩달아 웃음보 터진다.

왜가리

석양 무렵
하늘 꼭대기로
서러움 잔뜩 지고
왜가리 한 마리

홀로 한 마리 서러움 들킬까
더 높이 더 높이
서러움 참으며
왜가리 한 마리
홀로 외롭다.

8월

8월의 숲은
더 이상
푸르러지지 않으며

8월의 태양은
더 이상
이글거리지 않으며

8월의 사람들은
더 이상
내뱉을 환호성이 없다

8월의 바다는
이제부터
8월을 사랑하는 사람을 기다리며
언제나
출렁여야 한다

8월의 하늘과 바다는
파도가 멎을 때까지
새파란 하늘이 될 것이다.

9월

9월은 가을이다
가을은 구부러진 논두렁처럼
서두르지 않으며 황소처럼
구불구불 다가온다

9월은 가을이다
온 누리 만물은 여물어가고
댓돌 아래
귀뚜라미 귀뚜르 귀뚜루루
낭만 연주소리

9월은 가을이다
늙어가는 나에게
편지를 보내고
마음이 궁핍한 이들과
햇살을 나눠야지.

돼지감자

이름부터 우습다고 조롱하기에
내 멋대로 삐죽삐죽 솟구쳐 뻗어
봉두난발 쑥대처럼 자라고 있다.

양귀비 모란꽃, 불두화도
천년만년 피어있지 못하는데,
백일이나 붉다는 배롱나무에 비할까

백일은커녕
꽃대도 올려보지 못하는
외로운 길섶

멸시받는 내 설움 참지 못하여
여름 내내 몸서리치는데

바람은 내 슬픔 달래주느라
줄기마다
샛노란 꽃 얹어주었다.

시월

시월상달
땅이 솟구치며 하늘이 열리던 날
단군이 우리 집 마당에 내려와
금빛 가을 햇살 한가득
볏단 한 아름 내려놨다

바람과 인생
이슬 맞은 구절초
한가위 밝은 달빛
세속의 모든 가을
내 가슴에 수놓았고

풀벌레 소리 은은하고
기러기 높이 나는데
시린 냇물에 몸을 담근 백로는
추수동장秋收冬藏에
무심하고 무심하구나.

어머니의 별

여름날 저녁나절
땅거미 내리니
소쩍새와 별들이
어머니처럼 반갑다

혹여 어머니인가
어머니 가슴인가
내 마음 하늘로 달려간다

문득 어머니가
생전에 담가놓으신
인삼주가 생각나
한 잔 따라 어머니를 가슴에 모셨다

어머니는 하늘의 별이 되시어
여러 자식 발밑을 비춰주시고
사랑으로 가슴을 환하게 밝혀 주신다.

생명

바람과 햇살과 비는
구석구석 찾아다니며
만물의 생명을 보살피신다

구석구석
닿지 않는 곳이 없다

더 낮은 곳을
더 부족한 곳을 채우기 위해.

들국화

외지고 비탈진 곳
어렵사리 자리 잡아
오뉴월 땡볕
칠월의 궂은 장마도
가녀린 온몸으로
막아내고

된서리에
풀잎 쓰러지고
나뭇잎들이 질 때
홀로 삼가며
홀로 만족하며
홀로 마음을 다하니

허허로운 산천에
서리 맞은 그 자태
나 홀로 웃으며
나 홀로 향을 발하니
사군자의 기개는
절로 빛난다.

농무 濃霧

먹구름인지
산 그림자인지
해거름인지
사방이 어두워지며

비범하다는 그들과
영악하다는 그들과
평범하지도 못한 내가
짙은 농무에 휩싸여 길을 잃어도

어디선가 나를 지켜주는
마음 깊은 친구가 있고,
나를 안아주는 대자연이 있다

우리는 서로의 이정표다
아름다운 세상이다.

11월

동네 뒷산에 걸린
구름 같은 하루하루가 모여
가는 빗줄기에 젖은 채
11월이 다가왔지만

눈이 내리지 않을 마른 들판은
흙먼지와 삭풍으로
살을 뜯기는 설움에 젖고

해진 들녘에서
적막에 빠진 기러기는
들판에 떠도는 영혼들과
애절했던 날들을 기억할 것이다

그래서
나는
늘
11월이 서먹하다.

만추

호젓한 가을
산기슭에 기대어
노란 단풍 빨간 단풍
양손에 들고
나의 하루를 가을과 나누며
나의 온기를 가을과 나누고 싶다

가을과 나의 빛깔을 섞어
가을과 함께 익어가고 싶다

나를 안아주는 산기슭과
나를 품어주는 바람과
나를 다독여주는 나무들과
농익은
가을 속으로 녹아들고 있다.

12월이다

잘 익은 가을 한 그릇
넉넉하게 비우는데
종주먹을 쥔
12월이 달려들어
늦은 밥상을 타박한다

봄부터 봄까지
여름부터 여름까지
가을부터 가을까지
맨발이었는데

12월은
창틈으로 달빛 한 줌
넣어주면 좋겠다
문틈으로, 햇살 넘치게

12월이
어디든 치달려도
이 한 몸 무너져도
허무에 주저앉지 않겠다

한결같은

나의 생生을 위해서다.

대부님 팔순을 축하드리며

팔순을 넘어오신
저 산기슭에는
팔순을 살아오신
저 하늘 아래에는
리드비나 함께 하신
발자국 있어,

여러 대자들의
가슴속에
영원하신 대부代父로
덕성과 신심을 새겨 주시고,

팔순의 화살 같은
인내의 세월은
붉은 태양처럼
장엄하다

인향人香은
주변 가득하여
초겨울이 더욱 새롭다.

빗소리

빗소리, 빗소리 아빠 빗소리
빗소리, 빗소리 엄마 빗소리
빗소리, 빗소리 아기 빗소리

빗소리, 빗소리 아빠처럼 크게
빗소리, 빗소리 엄마처럼 포근하게
빗소리, 빗소리 아기처럼 밝게

빗소리, 빗소리 생명의 빗소리.

첫눈 내리는 날

첫눈이 사라락 사라락
흩날리기에
산모롱이에 눈 마중 가니
새파랗게 질려있던
한 마지기 보리밭이
흰 눈 이불을 덮고 있네

춘삼월 보리냄새
풍년들겠네.

동짓날 밤에

동지섣달
밤은 길고
바람도 찬데
그리운 사람이
더욱 그립네

따듯하게
손잡고 싶은
그리운 사람이.

억새꽃

흔들리며,
흔들리며,
흔들려도

지치지 않는 몸짓이여,
사람은 외로워도
억새는 외롭지 않다

온종일
산기슭 솔바람
홀몸으로 막아내며
이리저리 쏠리면서
서걱이는 신음은 토할지라도
눈물은 참아냈다

동지 지나 북풍한설에
모든 수풀 자지러져도
이 한 몸 휘더라도
언 땅에 눕지는 않으리라.

송년인사

소식이 뜸한 사람도
자주 만나는 이웃도
다시 기억해보고

음성과 눈빛도 떠올려보며

해가 바뀌기 전에
건강과 안녕을 나누며
서로의 마음을 읽고 싶다.

탯줄

태어나기 전엔
엄마의 탯줄 하나였지만
태어나면
또 다른 탯줄이,
수없이
많은 탯줄이
가슴으로 이어진다

관계의 탯줄
사방으로 이어진 길의 탯줄
휴대폰의 탯줄,
그 외에도 수많은 탯줄이
내가 삶을 지탱할
지식과 지혜를 전해준다

엄마의 탯줄은 생명의 탯줄이고
세상의 탯줄은 관계의 탯줄이다.

섣달 초순

더 이상 마를 게 없이
말라비틀어진 덤불에
참새 무리 한 떼가
한 몸처럼 날아들어
마른 가지에 온기를 넣어준다.

그리고 남은 온기로
딛고 있는 가지에
봄을 싹틔울 것이다.

소의 눈망울

검은 소의 마음과
누렁소의 마음도
순한 눈에 들어있는데,

그 순박한 마음
시인도 못보고
노승老僧도 못 느껴
가슴 따듯한 사람이 읽어냈다

소의 큰 귀에 들리는
사람들의 욕심과 근심을
대신 아파하느라
대신 씻어내느라
소의 눈엔
항상 눈물이 그렁그렁하단다.

4부

4월 그리고

노부부

일흔 다섯 남편과
일흔 셋의 아내가
들뜬 마음으로
눈발이 휘날리는
마당에 내려섰다

여보, 눈길에선
종종걸음을 걸어야 한데,
주머니에 손 넣지 말아요
손자 놈도 눈썰매 탈까?
아마 눈사람 만들고 있겠죠
그 녀석도 할아범 닮아
눈을 좋아하던데

남편은 벌써 돌아서며 한 마디 던진다
"어후! 춥다, 추워. 그만 들어갑시다."

굴뚝새

동짓달
그믐 오후
함박눈 휘몰아 내릴 때

굴뚝새
나보다 먼저 놀라
나뭇가지 하나 물고

기러기
긴 행렬을
걱정스레 쳐다보네.

굽은 나무

굽었다 할까
삐뚤어졌다고 할까

제 몸 하나 바르게
서지도 못 하며
수만 가지들 건사하느라
수만 잎들 살찌우느라

저 힘든 줄 모르며
사랑을 베풀고 있다

제 아픔 알면서도
한 송이 꽃을 피워내려고.

봄 눈

봄 눈 녹듯 한다더니
입춘 지나서인가?

바람 불고 흐릿한 날에
산기슭 눈까지 녹아
흔적 없어도

마음속 그대 향한
그리움 한 덩이
남아있었네

우리의 인연은
흔적 없이 녹는
눈이 아니라
더 크게 뭉쳐지는
사랑이라네

따듯한 안부로
서로의 가슴을
데워주는 사랑이라네.

2월

회색 구름과
칙칙한
갈색 나무의 2월 하늘아래서
생명이 움트고

겨우내 짓이겨져
주저앉은 덤불에
물까치 한 떼 내려와
하늘색 꼬리를 흔들며
이른 아침을 연다

회색구름은 아침마다 무겁고
갈색나무는 새벽부터 침묵하고
물까치는 언제나 시끄럽지만

희뿌연 숲속에
말라버린 풀숲에
물까치 깃털을 다듬는
메마른 가지에도
눈 녹아 흐르는 개울에
봄이 슬금슬금 다가온다.

새봄 3월

할아버지는 봄을
보았는데
우리 손자도 봄을 보았니?
나무 줄기를 보거라
푸릇푸릇 봄이 보인단다

할아버지는 봄을
먹었는데
우리 손자도 봄을
먹어봤니?
할아버지는 냉이국을
먹었어

할아버지는 봄을
입었는데
우리 손자도 봄을
입었을까?
봄바람이 할아버지를
휘감았어.

열 잔의 차와 열 편의 시

보이차
한 잔 마시고
유시화의 시
'나무는' 한 편을 읽고,
또 한 잔 마시고
'누구든 떠나갈 때'를 읽고

또 한 잔 마시고
박두진의 시 '해의 품으로'를 읽고
또 한 잔 마시고
'뻐꾹새, 고향'을 읽고

또 한 잔 마시고
유치환의 시 '깃발'을 읽고
또 한 잔 마시고
'행복'을 읽고

또 한 잔 마시고
나태주의 시 '안부'를 읽고
또 한 잔 마시고
'지는 해 좋다'를 읽고

또 한 잔 마시고
오경화의 시
'그런 사랑을 하고 싶다'를 읽고

또 한 잔 마시고
자작시 '어머니의 선물'을 읽으니

열 잔의 차와
열 편의 시로
온 몸이 달아오르고
온 세상이
텅 비는 것을 보았다.

냉이꽃

게으른 농부
봄 마중
나가보니

벌써 땅의 기운이
부드럽게 솟아있고
냉이가
꽃을 피워

흙이 가볍고
물러진 때를
놓치지 말고
밭갈이
서두르라 하네.

4월, 그리고

그리고
그리고,
또 봄은
자연을 풀어헤쳐
생명을 잉태하고

꽃들은
벌과 나비를 위해
젖가슴을 내어주며

살아있는
모든 나무들은
잎을 펼쳐
신록을 길어 올린다

그리고
그리고,
새들은
높이
더 높이 날갯짓 하느라
날이 저문다.

바람이 불어

– 산유화 모방시

산에는 바람 부네
바람이 불어
아침부터 아침까지
바람이 불어

산에서
산에서
부는 바람은
숲속에 숨어서 불 때도 있지

산에서 부는 살랑바람은
산이 좋아
산에서 시작하지

산에서 바람이 그쳤네,
바람이 그쳤어
저녁부터 저녁까지
바람이 그쳤어.

5월의 이팝나무

신록의 푸른 잎 살포시 들추고
고봉밥 한 그릇 살며시 내미는
5월의 이팝나무는 마음이 애절하다

보릿고개 넘지 못해
숨넘어간 그 영혼들
흩날리는 꽃잎처럼
북망산천 가는 길옆
노제 상에 밥 한 그릇 올리고자

풋바심도 못할 보리
휘어잡고 통곡하니
소쩍새 피 토하고
종달새도 슬펐다

신록의 푸른 잎 살포시 들추고
고봉밥 한 그릇 살며시 내미는
5월의 이팝나무는 마음이 애절하다.

구두

아프다
쌀 두 가마 팔아야
구두 한 켤레
가슴 아프다

농투산이 매무새
그게 그건데
허리 굽은 부모님
조르고 졸라
난생처음 구두 한 켤레

뻐꾸기 우는 날
이웃 친구 장가갈 때
새 구두 신으니
발은 허공에 뜬다

아버지 굽은 등
밟고 가는
구두 한 켤레.

유월의 감자밭

해당화 향기 스치듯
신록이 빠르게 짙어져
숲은 녹음으로 무거워진다

부드럽던 흙은
온갖 생명들을 다그쳐
세상으로,
세상으로 등 떠밀며

비구름은
소나기를 뿌려대며
뻐꾹새 깃털을 들춰대고

유월은
감자밭으로
달려 나와
웃음을 모이게 한다.

밤

밤꽃 냄새는
코끝에서 맴돌지만
밤 굽는 냄새는
목젖까지 넘나들고

밤 꿀 한 숟갈은
목을 아리게 하지만
밤을 먹을 때는
뱃속까지 고소하다

밤 꿀은
한 숟갈로 족하지만
밤 한 톨로는
입안이 출출하네.

7월, 호박꽃

7월의 햇살 눈부셔
초록에 눈길이 가는 아침
넓은 호박잎 사이에
황금빛 튼실한 호박꽃이

낯익은 아낙의
소박한 모습처럼
수줍은 호박꽃은
성품마저 닮아서
아침 일찍 텃밭을 밝히고

잎은 한없이 커질 기세고
덩굴손은 고요하게
한 줌 햇살을 엮어매어
푸르른 호박넝쿨에 내려놓는다.

배롱나무

붉고도 붉어
날마다 붉고 붉게
초록의 가지 끝에
횃불을 켜고

천일千日이고 만일萬日이고
오늘도 새롭게
꽃잎 하나 꽃잎 둘에
넉넉히 불을 붙여

오래도록 피고 지는
천상의 맑은 꽃,
기다리지 않아도
눈부시게 핀다.

귀뚜라미

풀섶의 귀뚜라미
은방울이 굴러가듯

창가의 귀뚜라미
옥구슬이 굴러오듯

머릿속 귀뚜라미
희노애락 헹궈내고

가슴속 귀뚜라미
얽매임을 풀어낸다.

시월 어느날에

구절초 쑥부쟁이
가을 빚느라 밤새우고
황금물결 들판도
넘실대며 펼쳐지고

아침저녁 짙은 안개
기러기 깃털 적시는데
쓰러진 벼 나락 위에 앉은 오리
안 먹어도 배부르다

산국과 감국은
제멋대로 자리 잡고
오동잎 떨어질 때
황금 비단 펼칠 테니

고개 들어 먼 산 보고
가슴 열어 하늘 보니
가을이 내려앉은
나뭇잎이 눈부시다.

백령도 소주잔

궁창 위의 빛과
궁창 아래 물과,
수평선에 발을 붙인 나는
한 장의 역사를 쓰기 위해
가슴속에 한 장의
그림을 그려본다

백령도의 바다에도
내 가슴의 바다에도
인당수가 흐르는데
아버지의 밝은 눈을 기다리는
심청이는 연꽃 가마 탔는지
소식을 모르겠고

곁을 지켜주는 아내와
노후를 함께하는
인생의 친구들과
해무에 젖은 채
주고받는 소주잔에
우리 삶이 녹아든다.

일흔다섯에 깨닫고

천천히
서서히
한 해
또 한 해씩,

그렇게
살아온 게 아니라
나는 태어날 때
일흔 다섯
아내는
일흔셋

어린 시절이 없었던
일흔다섯 나와
일흔셋 내 아내는
날마다
머리를 뒤지고
가슴을 뒤지고
세월을 뒤지느라

허투루 보낸
세월 같았지만
시간이 우리 등을
떠밀었고
우연히 만난
인연 같지만
나는 그를
그는 나를
인생과도 같은
연분이었네

일흔다섯
일흔셋
우리는 처음부터
그 나이었다.

대청도 송골매

천 개인가?
이천 개일지?
아마 삼천여 개?
삼천리 반도 올망졸망
섬들이 많긴 한데

큰 대大자 들어간
대청도에 발을 딛고
얼마나 푸르고 푸르기에
대청이냐 하겠냐만,
동백숲 푸르고 푸르러
동박새도 숲에서는 길을 잃고
바닷물 깊고도 푸르러
까나리도 모래톱에 산다네

삼각산 버틴 섬엔
파도마저 힘을 잃고
황량한 사구砂丘에는
송골매가 주인인데
밭두렁 장끼 발등 위로
석양이 넘어간다.

가을 안개

이른 아침
온 산을 휘감은 안개

나뭇잎 하나하나
얼싸안고 씻겨서
아침 햇살에 내어놓으니

아름다운 햇살과
나뭇잎 만나
단풍이 되었네.

자드락길 옆

현란한 관광지의 단풍보다
후두둑 떨어지는
오솔길의 낙엽이
여유로운 가을이며

짙은 원색의 단풍보다
자드락길 옆
나뭇잎에서
감사의 가을 샘솟으며

바스락대는
낙엽 밟는 소리에
이름 모를 산새가 놀라는
작은 메아리

맑은 물소리
맑은 단풍잎
밝은 햇살 여유로우니
정겨운 가을 산자락.

섣달 초하루

두루미 머리 위로
동짓달이 넘어가니
12월 남은 한 달
휘청이며 다가온다

봄부터 여름 내내
가을에서 겨울까지
사시사철 한결같은
하늘과 땅과 사람

메마른 나뭇잎
세월같이 헤아리며
쌓여가는 하루하루
가슴으로 밀어내니

봄 여름 가을 겨울
그중에 오늘이
섣달 초하루.

농가월령가와 초월적 농부시인의 시세계

김유조
문학평론가

구자권 시인의 두 번째 시집『농부의 연필』을 읽으면서 문득 조선조 헌종 때 정학유(丁學游)가 지은 가사,「농가월령가」를 떠올리게 되는 것은 비단 농사를 지으며 엮어낸 시적 주제 때문만은 아니다.

우선 형식면에서도 가사문학과 비슷한 운율에 치중하여 독자가 부담 없이 읊조릴 수 있는 터전을 마련한 점이 이 시집의 가독성과 접근성을 높이고 있다. 뿐만 아니라 시대를 초월하여 농사일에 몰두하는 농부의 삶과 철학이 녹여 배어져 나오는 가이없는 모습이「농가월령가」의 가사 세계와 맥락을 같이하기 때문이다.

굳이 아리스토텔레스의 미메시스 이론을 들먹일 필요도

없이 여기 농부시인이 자신의 생을 지탱해나가며 겪는 일상사와 내면의 상념을 구체적으로 형상화하는 흐름은 가히 시적 토대를 굳건히 닦아놓았다고 볼 수 있으며 읽는 이로 하여금 바로 그 시적 세계에 몰입할 수 있는 공감대를 형성해 놓기 때문이다.

그런가 하면 미 동북부 뉴햄프셔의 농장에서 오랫동안 살면서 아름다운 자연에서 삶의 의미를 찾고 깊은 성찰을 통해 평범하고 단순한 문장과 일상적인 소재로 아름다운 시를 쓸 수 있음을 알려준 로버트 프로스트의 면모도 가감 없이 느끼게 된다.

시집의 형식을 보면 일 년 열두 달의 농촌 풍경과 농사짓는 모습, 거기에서 유로(流露)된 관념과 상념이 일관되게 흐르고 있다. 그러나 그 배열은 꼭 줄을 지어 일치 시키거나 번호를 매긴 듯이 순서를 정하지는 않고 있다. 이 또한 의도적이든 아니든 훌륭한 시적 전략이라고 할 수 있다. 그 순서를 머리 속에 넣어놓고 정리해 보는 맛은 오롯이 독자들의 몫으로 남겨두었다고 할 것이다. 더구나 매달의 주제적 시와 더불어 그 달에 맞는 부차적 시들이 뒤따르고 있음도 눈여겨 볼 만 하다.

시집의 얼개를 크게 그려보면 시인은 나이 들어 '초솔당'이라는 이름의 농가거처를 마련해 놓고 심신의 경작을 시작하였다가 마침내는 그 '초솔당'을 떠날 때까지의 시적 기록을 남기는 것으로 되어있다.

길상(吉祥)의 기름진 땅
한 자락 빌려
꿈꾸는 마음 펼쳐 놓으니
돌아온 전원은 아름답고
가족들 게으르지 않다

정족산(鼎足山) 높은 정기(精氣)
초솔당을 감싸주는
길상산 맑은 봉우리가
재주 없는 촌로(村老)를 위로해 준다

– <초솔당(草率堂)> 전문

시인은 새해 아침을 초솔당에서 맞으며 감회를 끌어안는다.

정족산 산 너머로
한 빛이 떠오르니

하늘도 땅도 꿈은 제각각
묻노니 그 밝음 어디서 왔느뇨

– <새해 일출> 전문

붉은 해 한 아름

서두르지 않으려

수줍은 듯 구름장 속에 있어도
지금의 삼라만상(參羅萬像)은
느긋함이어라

축복이어라
행복이어라

사랑을 이어라
영광을 이어라
평화를 이어라
(하략)

— 〈새해 아침〉 부분

희망찬 송가와 아울러 〈농부의 연필〉이라는 시제로 "무논에 들어선 농부/흙이 되려고 영혼을 부수고/땡볕이 내리쬐는 비탈진/밭이랑이 되고자 온 몸을 부쉈다."

새해를 맞는 시인은 먹을 갈고 붓을 가다듬는다. 그 붓질은 미국의 초월주의자 시인 '랠프 왈도 에머슨'과 '헨리 데이비드 소로'가 월든 호반으로 들어가서 초막을 짓고 농사를 지으며 글을 쓰기 시작하던 모습이 오버랩 되는 시공간이기도 하다.

농부는 2월로 접어들면서 시인과 독자로 함께 땅과 시의 경작을 시작해본다. 2월의 풍경이 잔잔하게 눈앞에 전개된다. 회색빛이지만 3월의 봄 냄새를 기다리는 〈2월〉이다

회색 구름과

칙칙한

갈색 나무의 2월 하늘아래서

생명이 움트고

겨우내 짓이겨져

주저앉은 덤불에

물까치 한 떼 내려와

하늘색 꼬리를 흔들며

이른 아침을 연다

회색구름은 아침마다 무겁고

갈색나무는 새벽부터 침묵하고

물까치는 언제나 시끄럽지만

희뿌연 숲속에

말라버린 풀숲에

물까치 깃털을 다듬는

메마른 가지에도

눈 녹아 흐르는 개울에

봄이 슬금슬금 다가온다.

– <2월> 전문

2월의 회색구름은 이제 새봄을 보듬는 3월을 맞는 가교이기도 한다. 3월의 꿈을 시인은 엮는다. 그러나 삼월의 그날은 시인에게는 통상의 3월은 아니다.

(전략)

삼월의 그날
우리는 더 어둡고 슬픈 마음보다 더 무서웠습니다
우리는 막막 앞에 서 있어야 했으니까요

그러나 아버지!
저희 5남매는 씩씩하게 살아냈습니다
하늘에서 내려진
고난과 어둠과 절망을 이겨냈습니다
(하략)

– <기일(忌日)> 부분

참혹한 사부곡으로 보아서 시인에게는 감내하기 어려운 3월의 사연이 있다. 그러나 진달래에서 보는 봄의 화신은 시인의 마음을 어느새 다독거려준다.

"앞산이 발갛게 타오르기에/살포시 숲속으로 다가가보니/진달래 어느새 만개하여서//수 만송이 제각각 온 동네 향해/봄이 왔어요. 봄이 왔어요./진분홍 아우성 눈이 시리다." – ('진달래' 전문)

이윽고 〈사월의 기도〉에서 시인은 "사월이/생명의 꽃으로 피어나게 하소서."라고 기도하는 마음을 갖는다.

봄은 발길이 빨라 금방 오월이 온다. 오월이 오면 "연둣빛

산과 들은/봄이 아니라/오월이라 한다."－ ('오월' 中)

농가월령가가 아니어도 모내기가 제철인데 "옛날에는 동틀 무렵/소 몰아 쟁기질/이랴이랴"였으나 지금은 "이양기에/실려 가는 육묘 상자뿐,"이라고 시인은 노래할 따름이다. 현실이 시에 이입되는 광경이다. 그러나 시인의 가슴은 이런 세태변화를 담담하게 수용한다. "뻑 뻐꾹 뻐꾹/모내기 끝낸 무논에 산 그림자 내리고/들판은 매일매일 넉넉해진다."－ ('뻐꾸기 소리' 中)

유월이 오면 "유월의 숲속 나무들은/둥지 튼 새들을 안아주느라/봄꽃도 슬며시 멀리한다 …(중략)… 유월의 숲속 나무들은/이소(離巢)길 나선 새끼 새에게/그냥저냥 함께 살자고 하네,//눈비와 거친 바람 같이 견디며/유월의 숲속 나무들은/솔바람, 남실바람, 하늬바람을/유월 초하루의 선물이라네."－ ('유월이 오면' 中)

"수천 년 전부터 7월은/바다를 모룻돌/위에 올려놓고/풀무질을 시작했다.//수천 년 전부터 7월은/바람을 나무 끝에 매어 놓고/푸른 바다의 가슴을 곁눈질 했다//꽃은 지고 없는 7월에/사람이 꽃이 되어/벌거숭이로 푸르러진/바다에 벌거숭이로 피어난다."－ ('7월' 中)

7월은 또한 "감자 캐기"의 철이다. "하하하 또 나왔어!/손자와 감자 캐는데/손자의 웃음이/감자보다 많이 나온다."－ ('감자 캐기' 中)

8월이 왔다.

시인은 8월을 관습적인 시각으로 보지 않는다. 농부의 체험과 시각으로 본다.

8월의 숲은

더 이상

푸르러지지 않으며

8월의 태양은

더 이상

이글거리지 않으며

8월의 사람들은

더 이상

내뱉을 환호성이 없다.

8월의 바다는

이제부터

8월을 사랑하는 사람을 기다리며

언제나

출렁여야 한다

(하략)

– <8월> 부분

농사를 짓는 시인에게 일 년의 절정 같은 8월은 그러나 참고 견디어 내야할 인고의 시간인지도 모른다.

시인에게도 “9월은 가을”이다. “가을은 구부러진 논두렁처럼/서두르지 않으며 황소처럼/구불구불 다가온다. …(중략)… 온 누리 만물은 여물어가고/댓돌 아래/귀뚜라미 귀뚜르 귀뚜루루/낭만 연주소리//9월은 가을이다/늙어가는 나에게/편지를 보내고/마음이 궁핍한 이들과/햇살을 나눠야지." – ('9월' 부분)

여늬 사람에게 구월은 결실의 계절로만 자리매김한다면 시인에게는 나눔의 계절로 다가온 것이다.

시월이 왔다.

"시월상달/땅이 솟구치며/하늘이 열리던 날/단군이 우리 집 마당에 내려와/금빛 가을 햇살 한가득/볏단 한 아름 내려놨다.//바람과 인생/이슬 맞은 구절초/한가위 밝은 달빛/세속의 모든 가을/내 가슴에 수놓았고, …(중략)… 시린 냇물에 몸을 담근 백로는/추수동장(秋收冬藏)에/무심하고 무심하구나." – ('10월' 부분)

11월이 오면 시인은 이 달의 의미가 서먹하다. 어쩌면 한 해를 보내는 바로 한 달 앞의 의미가 시인의 감성에 미묘하게 닥아 왔는지도 모르겠다.

"동네 뒷산에 걸린/구름 같은 하루하루가 모여/가는 빗줄기에 젖은 채/11월이 다가왔지만,/눈이 내리지 않을 마른 들판은/흙먼지와 삭풍으로/살을 뜯기는 설움에 젖고,/해진 들녘에서/적막에 빠진 기러기는/들판에 떠도는 영혼들과/애절했던 날들을 기억할 것이다//그래서/나는/늘/11월이 서먹하다." – ('11월' 전문)

11월은 또한 만추의 달이다. 시인에게 걸린 만추의 달은 "호젓한 가을/산기슭에 기대어/노란 단풍 빨간 단풍/양손에 들고" - ('만추' 中) "눈 마중 가니/새파랗게 질려있던/한 마지기 보리밭이/흰 눈 이불을 덮고 있네,//춘삼월 보리 냄새/풍년들겠네." - ('첫눈 내리는 날'中) 농부 시인은 벌써 내년의 걱정과 기대가 뇌리에 떠오른다.

한해를 마감하는 12월이 오고 농부시인의 감회는 절정이다. 〈12월이다〉에서 그 감회를 읽어본다. "잘 익은 가을 한 그릇/넉넉하게 비우는데/종주먹을 쥔/12월이 달려들어/늦은 밥상을 타박한다.//봄부터 봄까지/여름부터 여름까지/가을부터 가을까지/맨발이었는데,//12월은/창틈으로 달빛 한 줌/넣어주면 좋겠다/문틈으로, 햇살 넘치게//12월이/어디든 치달려도/이 한 몸 무너져도,/허무에 주저앉지 않겠다//한결같은/나의 生을 위해서다." - ('12월' 전문)

12월이 오고 한해가 가고 인생이 흘러가도 농부시인은 허무에 주저앉거나 허무에 빠지지 않고 자신의 생을 위하여 꿋꿋이 인생찬가를 부르겠다는 모습이 의연하게 보이고 독자에게도 큰 힘을 선사한다.

시인의 인생찬가 시집은 이제 그가 농부로서의 거처로 쓰던 초솔당을 타인에게 후하게 양도하면서 일단은 일 막을 내리는 것 같다. 마치 월든 호반에서 청빈한 삶을 영위했던 에머슨과 소로가 그곳을 떠나고 나서야 당시의 사색과 체험으로 시집과 명상록을 집대성했고 로버트 프로스트가 버몬트의 집을 떠나서 마침내는 영국으로 이주하여 그간의 저술과 시를 완성했던 바와 그 맥락을 같이한 것 같다.

이제 〈초솔당을 떠나며〉 아쉬움과 새로운 작정으로 읊은 농부시인의 술회를 잔잔하게 음미해본다.

대지 299평, 건평 52평,

16가지 유실수와 5가지 색의 모란꽃

12가지 개량작약

수십 가지 기화요초가 꽃대궐을 이루던

꽃집이라 불리던

초솔당을 떠나던 날

등 돌리고

또 돌아보는 눈길에 밟히는

내 생의 한 자락

그 무엇인들 안타깝고 서운한 마음 없으리

눈 감아도 환히 보이는 내 안의 생명체들

모두를 사랑했는데

돌아서는 발걸음

한 발 떼고 또 돌아보는 내 눈길

미쳐 손 한번 잡아보지 못한

또 다른 생명체들

땅두릅과 두릅, 표고버섯목 30여개, 머위와 참취, 더덕과 도라지, 곰취와 참나물, 두메부추와 방풍나물, 황금소나무, 금송 등

넓직한 평상과 토실한 다육화분 50여 개, 크고 작은 농기구

그 무엇도 미련 없이 그 자리에 두고 돌아섰다

"모두 주고 가십니까"
집을 공짜로 받은 것 같다는 이사 온 분의 탄성에
무심코 돌아보는 내 눈이 욱신거린다

내 삶의 전부라고 생각했던
초솔당
정이란 사람에게만 주고받는 게 아닌 듯
마음 가다듬어 등 돌리니
가슴이 시리고 아파서
울컥하는 마음은 물 먹인 솜 같다.

– <초솔당을 떠나며> 전문

농부시인의 또 다른 시집을 금방 다시 받아보고 싶은 심정을 벌써부터 안달해본다.

김유조

시인, 문학평론가

국제 PEN 한국본부 부이사장, 건국대 부총장 역임, 건국대 명예교수

문학과의식 시선집 149

농부의 연필

발행일 2022년 1월 28일

지은이 구자권
펴낸이 안혜숙
디자인 임정호

펴낸곳 문학의식사
등록 1992년 8월 8일
등록번호 785-03-01116
주소 우 23014 인천시 강화군 하점면 강화대로 939
우 04555 서울 중구 수표로6길 25 501호(서울 사무소)
전화 032.933.3696
이메일 hwaseo582@hanmail.net

값 10,000 원
ISBN 979-11-90121-31-6